U0109925

搭訕主義

王厚森
2011

【推薦語】
早別的天光

　　當「所有的愛都是一種無可救藥的／耽溺」，這是文仁之於文字的盟約，越過思索，指涉的不僅僅是愛，還有屬於詩的靈魂，無法被搭訕。主義是從。信仰、管轄、統領、俯瞰、拆解、辯證……土地島嶼和天光雲影，以及青春和理想的完成式。讀詩總是如此愉悅，讓我們複習不及居住的宇宙。

──凌明玉

　　某突兀的景象，每每出現於讀王厚森詩句的片段：一個手持iPhone打怪，耳機卻隱約傳來古典樂曲的男子。搭訕是詩光列車中，詩人用以干擾鄰座陌生卻貼身隨行的詩神的方式。生活裡的吉光片羽，在列車走道來回穿梭，有時詩人與之攀談；有時詩人只是靜默觀察祂保持距離；或是兀自對著窗外不斷飛逝的風景不發一語；有時候，祂也會主動找上詩人聊聊嚴肅性的八卦。我們在這些對話裡側耳傾聽一些關於時間與生命的逸史，偶而在對話中斷處聽見電玩鈴聲。然後不知不覺像進入同一個車廂的另一名乘客，拎起皮箱在詩人的文字裡對號

入座踏上旅途，長長的隧道與悠遠疾馳的風景過後，安靜無語的車廂裡也開始萌起搭訕或被搭訕的念頭。

——姚時晴

文仁的詩集取名為《搭訕主義》，一打開這些詩句，大概就能看見他和詩的追逐和追尋。有時他表現得像個深情的單戀者，有時像個愛的騎士，有時對詩欲拒還迎。他一直和詩和語言互相凝視，互相躲藏，互相纏綿。但「寫的詩能不能成為／一把烈火」才是這些對詩的追求儀式，所真正的方向。文仁特別善於敘事，他寫的詩逼視現實，對理想聲聲呼喚。這個「半熟男」詩人展現的，是野火燎原的胸襟，而搭訕，只是一個相遇的開始。

——林怡翠

都說，詩是，以有限證明無限，如同我們知道地球不是唯一，於是確立宇宙無限的可能。在這符號的宇宙裡我看見，有人甘為詩的恆星，堅持運行方向之必要，光芒散發之必要，完成詩的所有可能。

——周思穎

【自序】
那些搭訕與不該搭訕的存在

1.

詩，是搭訕。

從我開始覺察詩、理解詩、將詩放入生命扉頁的那刻，這種想法便無時無刻縈繞著我。

2.

腦中因而經常浮現如下畫面。

字與字、詞與詞、意義和意義，從僵硬而痛的肩膀走下，側著臉，激憤地說：「分手！」

3.

一切，都從高中那個冷然的小房間開始。

最初是偷渡，而後竟堂而皇之的編織夢。

4.

第一本在書店裡買來的詩集，是陳義芝《不能遺忘的遠方》。

內容早不復記憶，但有關於此一再出現的鏡頭是：家人都已熟睡的深夜，我推開一室的孤獨，虔誠地輕聲誦唸。

彷彿那是，成為小王子的必要儀式。

5.

那個年代，還沒讀過聖修伯里的《小王子》，卻不可思議地固著，一條自我旋轉的秘密甬道。

或許，那即是詩的啟動。

躡手躡腳，卻絕然真誠。

6.

大學時代，兩本書的主人為我帶來真正詩的啟蒙。

《迷路的詩》，燃燒著青春、憂鬱、真理以及乍現窗前的楊氏浪漫。

《書房夜戲》，滄桑的語音細數莽撞、專注、驀然和生命必然之湧動。

前書作者沒有機會碰面，後者是第一位教我寫詩的人。

7.

導入，連結的有關記憶。

課堂上詩人裝扮隨性如拖鞋牛仔褲，厚實的嗓音說著：
「好詩就該有，立即的驚喜與沉思的回味。」

大半年裡，我著迷於這段警句。

並且自然聯想，愛情或者所有存在，都可做如是解。

8.

如此嚴厲界線下，始終不相信，自己是詩的信徒。

一如不相信天使都該有翅膀。

甚至認為：「真正的詩人都不寫詩。」

於是，懶散成了不囫圇吞棗，必要之佐證。

9.

主義是信奉，包含一定成分之獨斷。

收集、打包、刪除、添加，僅僅為了蹈踐：「交代過去
是前進未來的一枚火箭砲。」

10.

　　於是，我們都有理由相信，且尊重，那些搭訕與不該搭
訕的存在。

王厚森　2011/4/24

卷二　每一道日光都是，昨夜的引渡（2002-2007）

卷三　除了詩，誰能喚醒我們沉睡的童話（1998-2002）

卷四　妳在夢裡走來，預言如詩（1994-1998）

卷一　風再過去，就是雲的影子

(2007-2009)

七星山遙指

當風行的歲月

終止在　七星遙望的彼刻

所有的激憤與未能實現的

誓言

都將化為峰谷裡

如歌的行板

只有愛

包裹著歷史的跡痕

以山嵐的形式封存成

山的證言

思索

明明是，某些我敲打的文字
暗自構築了意義
意義卻是黑夜突來的
殺手

而我必然驚愕，舉劍
在針縫的思索空間裡
拙劣躲閃一再的凌厲攻勢
摩西般的設想出
神奇、靈巧、完美

然而，我亦是一切的母親
亦是每個午夜編織著

毛衣的那雙巧手

啊，在我殘忍的刺向

親愛的我的孩子

我便明瞭　所有的愛

所有的愛都是一種無藥可救的

耽溺

馬賽克

僅僅為了一片不該見人的森林

我們勤於飼養，數以萬計

他們稱為馬賽克而我們叫做

防波堤的那種廉價

而有效的思想牌避孕藥

並舉手高呼

將它們通通推銷進

世界各地　午夜的鎖碼台

讓撩人的女郎成了

馬賽克蕩婦

讓我們未來的孩子成為

馬賽克兒童

等待夜

你等待夜，等待
步伐熟練如一首輕鬆彈奏的
藍調舞曲
其味如下弦月斜掛
其色是微薰楓葉
其聲響簡簡單單
一落地，久埋的話語都成了
火焰

幾乎，幾乎是深藍的閃電
精準而神秘的催化著
沒有邏輯的情節沸騰成一壺
酒的陳年

你在某些老舊的氣味中讀到，詩
攜著浪潮的鹹濕與漂泊的風漫步過昨日頹圮的紅樓
在生命轉彎的地方和孤寂的星子
對坐　乾杯

詩人

字詞不斷腐敗不斷淹沒日益擁擠的右腦

脅迫我以青春以年華交換，成為

廉價的雕塑

我拾起鞭子而非一支筆

抽打怠惰如蜷伏角落那貓的思緒

而那些佔據好位置的老人全都怒目向我

它們接續化身成火焰　交擁成砲彈

在不及三吋的戰場憤慨痛擊

然而，波濤之必要

承受咬囓承受熟透果實不斷自頭上猛然砸下之必要

在閃躲慘烈屠戮後的拂曉，自

堆疊腐臭如蛆蛆的殘骸

我撿拾依舊光輝依舊堅硬如鑽的礦石

鑄揉意象新生柔軟如嬰兒，如閃電
而意象也悄然雕我成詩句，成詩篇

但，我會是個詩人嗎？抑或只是
午夜中不斷接生嶄新文字於紙張，卻
日益消瘦頹老的銀杏樹呵
屢屢　意圖竄逃自躍閃如星的符號迷陣
而新生的喜悅與痛楚不時撼動
妄想輕薄離去的意念
於是，我凝塑自己成暗夜
不斷輕嚎的號角

但終究，我會成為詩人
不再寫詩以後……

血的可能

自冥想暗角

床沿摺皺裡流洩

慾望沉如一只等待

滴落我埋首筆端那刻

凝然千鏡彷彿便要炸開

而曲蜒著的曲蜒著的

曲蜒的悶滯血腥味爆滿

格子格子線格子縫隙格子背面格子的格子唷

伊呀，偷去這隙

默乘著意符快馬閃身過

索繩死僵的俘虜

跨越無數　血的可能

數日子

這年頭不流行饅頭

我們在冷冽的鬼風中前進

稱之為菊島的那個仙人掌故鄉

穿過的黑潮告訴我們洶湧

是男兒據說必然的　泡麵＋嘔吐槽

是星星比眼睛大上百倍的天空下

開始學會以螞蟻的速度

操練場上的蛇腹型刺絲

溝渠裡的反坦克地雷

寒風中永遠整齊的

愛國軍歌

在那些福利站被禁止

手機被沒收

洗澡水總是阿娘冷的喇賽的冬天
回家是台灣海峽上一條跳格子
與禁足令的拔河

陰森的哨站裡逐漸習慣
不時傳來的簡訊傳情與
阿飄們飛舞的故事
當歡送的歌聲從床的那端傳到
連長桌上的退伍令
終於我們瞭解
鄉愁是一種數日子
用考古學與形上學烤漆而成的
數日子

某個過於喧囂的清晨

據說因為愛

妳們學會以一喧囂的形式

叩問夢境是否太過甜美

匿藏在清晨激昂的歌聲

從遠方的山林而來

不知名的啼叫啊

豔陽都要覺得太過刺耳的

慢板甜蜜　輕巧地

將語言的純粹性掏洗如一屢

悄聲辯論的抒情詩

過於早的緋紅清晨

意識的窗櫺且尚未輕啟

搭訕主義

不講情面的想像力卻已開始逗弄

層層風塵封緘了的

老去的詮釋姿態

在頑固而剝去的符號糖衣中

經年埋藏的不被世界發現的欲望

堅持著恆星運行的方向與

散發光

痛啄的一列列夢的窗格

燃燒　在生命視野憤然開闔的彼刻

而遠方

風再過去就是

雲的影子

午茶

舒張的葉子

是喜悅的

沉澱經年的風雨

在躍入壺面的片刻

恣意暈開

誘人的清香茶液迴旋著的

是無數清晨

栽茶人的想望

一壺香銘

一個故事

搭訕主義

太平洋詩歌節聽鯨向海談詩有感

於是，我們首先必得

是站立在懸崖之上

以一種決意俯衝的◎○

傾聽　那些關於生命

如何被精巧的啄取肢解

如何排列組合

如何悄悄隱身在

精神分析學的目光之後

當你必須戴上前衛的面具

雜耍詩的無性生殖

不遠處

太平洋正以光影的姿態

湧動一首名為秋日的變奏曲

思春

你說冬天太長
攀不到春的肩膀
搭了升降梯也攀不到

所以你在窗邊架起
一座機槍
掃射
你在午夜的無人街頭掃射
關於春天的消息

雨來了

雨來了
在你左腳決定踏出牆角的那刻

寬闊的廣場上
一百張等待的臉
一百只在時光靜止中被拉長了脖子的企盼
隨風舞動的高空上精美的旗幟

全都
慢慢地擠進
削瘦的
風景裡

雨來了

在你踏出的那刻
是否望見
倉皇的步伐在夜的背脊上湧動
不知方向的長河堆疊
扭曲而莫名
撐痛的城市的心
都在那極
微小的一刻

雨來了

左邊的步履

我們左邊的步履

經常被迫藏在

好深好深夜的肩膀

荊棘圍繞起來的路　　我們

學會用血流的勇氣突圍

書本裡的瘖啞話語　　它們

騙不了長大的童話王國

熟練地

我們躋身在星月與書卷裡的沉思

然而這世界已經

悄悄沒了我們的位置

熟練的世俗技藝背後

漂泊　是一條回不了家的路

我們在路的前頭

回首且高歌

：「人生，

是一曲秋風斷腸曲。」

命運四季

我的春天　你懂。

我的夏天　他懂：

我的秋天　我懂？

我的冬天　誰懂！

寫不出詩

那天睡醒
終於，用沙啞的腔調告訴自己
：寫不出詩了

「為什麼呢？」
微怒的聲音低吼

那頭，一個怯懦的聲音突而說著
：「因為，
你就是詩了。」

卷二　每一道日光都是，昨夜的引渡

(2002-2007)

一尾超現實的魚
——詩誌「風車詩社」楊熾昌

風裝死靜下來的清晨

我肉體上滿是血的創作在發燒

——楊熾昌

〈毀壞的城市——Tainan Qui Dort〉

戰火綿延後

他波西米亞式的遊走於蕃社與東南亞列島

大和民族意識的魔爪卻依舊掌住詩人

憤怒而瘖啞的咽喉

「活在自己土地的異鄉人，

故鄉的悲嘆是蒼白的雪花」他總是

在砲火叢間莫名的憶起……

一九三〇年東京

沒有句點的奇妙對談野火般

在銀座新穎的西式喫茶店中燃開

昏黃下，文人雄辯的姿影被咖啡的濃香

薰透成陣陣陌生詩的情緒

莫名的快感遂以光影切割

誘發潛意識歧義豐饒的躍動

：「無情之眼將溶入我的孤獨，

背負起達達式之孤影的虛無主義。」

迷濛的視野中

他感覺年輕的自己正逐漸裂蟬

成為

一尾洄游熱帶的魚

洄游，在漂浮的季節

告別多年，島嶼的詩國持續貧困

文字獄的不歸路上

殖民者高峻的口吻未曾停止

將血腥的槍桿瞄準思想檢驗的行伍

被剝奪去現實之筆的文人無懼地重演血的悲劇

年輕的歲月中，他憤慨地揭示

：「悲調的月夜吶，

停止生理的排泄那熾烈的虛偽吧！」

鹽田上風車陣陣吹送新的氣息

幽暗的斗室中他反覆凝思詩的未來

遠方燃燒的風景隔著落日映入滾燙他的眼球

清癯的臉頰上簇擁滿蒼白與死亡的幻影

極光在傾斜現實的摩擦中隱隱閃現

甜蜜的熱度引發終極詩的燃點

一九三三年，在黑潮暗湧的福爾摩沙

他搭建詩的祭壇，試圖前衛

一朵歸宿於南國的移植之花

讓晦澀的意象負載著詩人拗折的密碼

讓深刻的反動躲藏在詩句陰暗的角落

把一切明亮的精神與意志

都注入，土人的笑與波希米亞人的放浪

在暴風雨隨時降臨的土地上，放聲高歌

即使「打了出去，卻沒有發響……」

為了

之一

在灰濛的童年

架起一把雪亮的梯子

陽光於是來到我心中滑行

我們曾欽羨不已的踢踏步法

空氣中瀰漫起陣陣馨香

甜蜜誘引

迷路的野蜂竊耳傾訴

在北地忍住不痛的風中

長腳的野花如何越過野地

為了紅，為了

一圈圈盛開如火的百褶裙

如火的百褶裙啊

我們都曾是擁著棉花糖的孩子

在午後金黃的原野奔跑，以一種

高懸樹梢檸檬味的耐心

豢養無須結果而嫩芽的唐吉訶德

用風鈴教導我們的嘴型療傷

那些堅持華爾滋而經常迷途的風箏及燕

等待下一季，牠們啣回信息

在北地止不住疼的風裡

細腰的麥苗如何深愛麥田

為了綠，為了

一片片延展如裘的土圍巾

之二

在異域的城市
仿刻一幅遲來的地圖
歲月於是來到你桌前推逐
他們曾讚嘆不已的鐵梗海棠
田野中站立滿纍纍稻穗
反諷註解
七彩的童年隕地碎裂
在血污包裹吶喊的清晨
失根的香祖如何飄越惡海
為了紫，為了
一綻綻空谷幽香的蝴蝶蘭

幽香的蝴蝶蘭啊

我們都曾是溫室裡沉睡的孩子

在顛沛流離的旅途成長，以一種

搶越河灘花崗石的勇氣

栽種水土不服而羸弱的油麻菜花

用大地恩賜我們的苦難餵養

那些攜來家鄉味而偶爾迴旋的鷹群及雁

傳衍千百年，牠們揭示生命

在萬水千山的芸芸世界

緊閉的心海如何隨風開展

為了白，為了

一片片漂浮水面的大目蓮

無伴奏分裂曲

之一

靈魂的快感穿梭於蘆葦群
一對對沒有名字的腳拉著午後的警鈴
戰事在即
悠閒的蝌蚪遂驚恍於餐桌上
即將多了幾道無辜的海味山珍
而桌子過於矮小是否
能夠擺下的瑣碎問題

你們在做些什麼呢，這樣輕巧的午後
一列白鷺鷥沒有瞄準便飛了過去
木炭紅的炙火烤著我們緊拉的神經

深印的黑鍵於是螞蟻窩般胡亂散了一地
沒有回頭，沒有回頭因為
戰事即將在眼前舞台劇開演

是否，是否有人循著
針縫曖昧的觸角也正想起
遠方教堂裡那些天使的笑容正要飛翔……

之二

禁止狩獵的森林一排排
塗抹著詭異笑容的牙齒喀喀著
草原是否適合披頭四的種種想法

一些夢戴了莫名的帽子
悄悄地在堆築著蒙太奇的戲法

那昏暗而乾燥的角落裡
我真實的唇呀，你在覷睞些什麼呢？
南方的沼澤太遠　陷落不了
我們輕拍就要飛揚如鷹的馬蹄
何況是一對漂浮著杏仁氣味的迷人眼瞳
不正證明著，某種程度的殘暴
是鮮紅必須研磨的高溫過程

總是夾帶著那麼一點不純粹
我內斂而暗舞著黏巴達的舌啊

有些僵局是攸關香水的牌子和價錢
那麼靈魂的殼就得掘出一座電梯
直達意志怯懦而幽暗的殿堂

之三

誰在呼喚著鐘聲？
用一整個喧嘩的染房交換
褪皮後的碎片

暗影中，昏眩的鏡子裝不下
閣樓上不斷堆高的面具
一壺不斷冷過又沸騰的咖啡不再適合入口

卻詭異的濃稠成一首

焦黑而不安的詩

一陣

他們都曾走過

而我們隨後考掘的岩層

是誰如此的唏噓著啊

像一只吞下過大的象而動彈不得的

蛇，肢解腹中也隨時面臨肢解

雙重辯證

相對自主

在破碎的語言中

你掘出一條曖昧的溝渠

我將隨後
串成一條珠鏈的美麗

之四

寫的詩
能不能成為一把
烈火

就看窗外
疾馳的閃電會不會打中
你讀詩的
唇

搭訕主義

光&影

在光的庇蔭下
我們寫詩

我們用筆尖挑起
不斷被眾指所塗佈的靈魂

背著靈魂也就背著赤裸
背著赤裸也就背著影
背著影也就背著足上
永無終止的辯證

乃因
影是光無依的棄生子

光是影伊底帕斯的存在

先有光　　先有影

先有影　　先有光

有光　　　有影

有影　　有光

光影

搭訕主義

光，影

在寂寞的窗台想望光

提著閣樓裡

始終無法點亮的一盞燈

想著秋天的嫩葉

總該還有幾只

逃過鞭刑的追捕吧？

老了的天空裡

蒼白的雪取代了熱情的歌

詩遂在殘缺的老絹紙中無奈沉睡

竟意外夢見

我早已失竊了的

影的翅膀

於是

書桌是窗的情人

窗卻眷戀著氳藍的星

打從上半夜

一場百無聊賴的三角戀情

是桌前的我

泉流的琴聲

與　一首未完成的詩

於是天明

於是

夢

還未醒

我無以名狀的疼痛
——記一首壞詩後的悲傷

連螞蟻都懶得爬上的桌子

狂亂的散落

一片片你稱之為詩而我叫做

窗戶的那種神秘而酥軟的吻

你記憶青澀，並一再用

小火回鍋一帖十五歲煎煮過

他們稱為愛而我們

編織若雲彩漂泊成紅樓

兩只長廊迷濛的瘦影

那時是如何徹夜，以閣樓哲學家的姿態

執著酒的香醇反覆拉長捶打拼貼？

而今夜　我無以名狀的疼痛

捧讀起這樣一個不需註腳的夜
我無以名狀的疼痛
因為某些綠被曝寫成紅
某些藍被拘謹成黑
理應輕盈的色塊被逐一
石化成一色土灰的兵馬俑

我心中摯愛的伯修斯
你是如何的丟失了水晶盾、黃金劍和
我們共同豢養名之為閃電的培加瑟斯
成了那個昔日我們宿命閃避與追逐
蛇髮的美杜沙

落光

獨處時

我夢見了地平線

而話語捨棄我

在沒有光的房裡

妳已不在，午後

撫動詩頁

輕琅的聲音

透過每扇窗，招展

浪漫起整個春天

一同用深浚的眼神

解讀，每個彼此流過

小小的體貼

而今，妳已不在
滿是塵埃的房裡
我那屬於妳的心
悄悄的依託了
錯落而過的光……

致友
——鯨向海

妳是海，我是鯨
而鯨終究要向海

鯨終究要向海嗎？
以百萬倍望遠鏡的企盼
不捨晝夜
是否，我是那追日的夸父
緊握宿命的符咒游出水藍的羊水
而諸神烤鍊以火，以生命底層
無法殲滅的渴
（飲盡三江都無法殲滅）
以死亡，以鑄劍者的血魂成就
神話多夢的沼澤

而毀滅不正是另一種重生
是的，我將在妳
廣闊而溫柔的海中
重　　生
以閃電與水晶的姿態重生

因為鯨　　　向海
因為鯨向　　海
因為鯨向海

搭訕主義

安眠藥

給我一顆安眠藥

拔去疲憊不堪的插頭

八萬六千四百秒的奔波依舊贖不回

一張午夜旅館的停車票

過熱的引擎在時間的迷宮中奔跑

像一枚永不西落的太陽

枯乾的街道不斷龜裂不斷失血若一只

愛的過多而崩裂的陰唇

給我一顆安眠藥

讓我將烙鐵的意識深插入

海草一樣柔軟的夢

所有時空的緊都將映射成一道
慢動作的小河
總是黑白，總是以黑白特寫
那些在彩色照片中被除名
野生而美味的蕈菇

給我一顆安眠藥
不論廠牌不論成份不論價錢多少
在這樣一個充滿熱的年代
我們都需要效果十足的安眠藥
包裹悲傷包裹痛苦包裹持續腐敗的自己
郵寄向超現實無以名狀的黑洞

砲彈憂傷
——致所有曾被殖民的土地

0.

給我砲彈

但請不要給我憂傷……

1.

碼頭無盡　　只有

我們粗黑堅實的手刺穿太陽以惡毒

不斷摩娑鋼鐵的火山

撫慰他們宣稱堅挺的陽具

美麗堅合眾國無敵的英雄

（真理的陽萎卻是它深赭，隱而不見的妊娠紋。）

2.

「小心！他媽的小心！」

他們雕塑鷹的姿態佇立堡壘

而我們終究連一雙手套都沒有

更遑論擋風的意識城牆

抗暴的優美姿勢

我們有的是鋼鐵的臂膀、鴕驢的意志

絕對的服從以及

連綿整個港口與他們意識型態中的黑

3.

我們的手，一雙雙堅持黝黑如膚色的手

抓得住憂傷卻圈不出金黃的風景

高燒的眼光如烙印，時時疼醒惡夜

疼醒一串　不曾安息的母音

：「用肏的，他們天生就是，用肏的。」

撩開不停顫抖的大腿

泯滅亢奮自卑的肉慾

一百對或者更多防風林般的陽具排列成烙鐵

在海岸的皺褶中狂嘯販賣

一部姦淫者的憲法

初夜的疼被嬉笑成瘖啞的卡匣

草率上演　廉價兌換

他們天國的預售票

我們　　一朵朵開在眉心的黑曇花

（不再是阿比尼西亞追逐笑聲的百合

夜夜在鹹濕的床塌，我們夢沉成一塊

跌碎的黑水晶）

4.

他們的手，潔白無暇上帝的手

扛不起砲彈卻熟練耍弄骰子

以我們的手為賭注

以一千片黑色陰唇的接客速度為賭注

這　就是上帝真正的面孔嗎？

在光的庇蔭下塞給我們

一朵朵即將璀璨的黑曇花

只因黑

只因黑是白的對比

只因黑是

生命原罪？

5.

一朵朵黑色的曇花爭艷

夜，低誦著殘酷美學

慫恿不及尋回斷層的肉體

一千個太陽持續發燒

漫長的永晝到臨前

裂繭的快感一若阿比尼西亞琥珀色的午後

金黃的足跡在時光軌道外奔跑

千百年我們擁有同一種未曾破滅的原子

而你們用曇花織譜賣淫者的樂章

戲謔成芝加哥頭版偌大的詼諧黑字

：「三百二十條黑影子不及煞車

轟炸機英勇點亮芝加哥煙火海岸的不眠⋯⋯」

0.

給我憂傷

但請不要給我

砲彈

附註：一次大戰期間，美軍曾以未經訓練的黑人水兵搬運
　　　砲彈，並以搬運的速度下注為樂，終而導致芝加哥
　　　港數百位黑人水兵的殉職。此事件後，未有任何白
　　　人軍官遭受處分，此類驚險畫面一再上演，直至一
　　　批水兵罷工而遭叛國罪起訴。將這樣種族歧視的鏡
　　　頭，挪移到所有被殖民的土地上，何嘗不是一幕幕
　　　同質性高的翻版，在歷史的片段中上演。

卷三　除了詩，誰能喚醒我們沉睡的童話

(1998-2002)

冬午

這一季你已焚去太多詩稿

為了取暖為了回憶為了

在冷闃的斗室劃出一道，不熄的流光

成年的雪已堆滿年少眺望的窗櫺

再溫暖也抵擋不住生的寒冷

除了詩，誰能喚醒我們沉睡的童話？

就這樣吧讓青絲逐漸成雪

冬天是如此漫長而春天還在午睡

你繼續在幽暗中捻思成句

在無人可見的閣樓反覆見證生死哲學

當雪的純白撞擊著詩的銀亮

當詩的銀亮交融著雪的純白

在早已降臨的冬天裡

你不斷寫詩而且焚去……

過去

我停在昨夜夢的方格
妳揮了揮手，將寂寞的唇印貼覆在
空白以及
空白

好長的路途，但我知道妳在哪裡
那不是直線，卻是平行
兩列平行的銀樺樹

一列火車在靜肅的午夜輾過
都市的心臟

搭訕主義

沒有一絲絲喟嘆

但連夢

都失去了慰藉

自畫像

向前試探的手叩問著一扇久違的窗
夜闃黑如此
是否還有遠方燃起燭光？

尋著夜的背脊，如一枚紫藍的問號
蜿蜒上曲折若跌撞而來的
記憶　瞬間便開始剝落
剝落的詭異色調像夢
攔不住也誘引不了

你才知道
走不出去也走不進
一張薄如晨霧的畫布

城市六部曲

1.

一條鋼索沉睡在黑暗中

2.

車流成河

而河博愛各地

3.

付之闕如的那個影子

我們都忘了它的名字

4.

關於寵物憂傷

一種極速在城市蔓延的疾病

正以和藹面容在電子雞與大家見面

5.

天乾物燥

請勿隨意摩擦情緒

除潑墨一幅山水畫以外

6.

禁止做愛

除非你愛，除非你愛我

娥

訛

搭訕 主義

黑與白

黑色的蜉蝣

黑色的咖啡

黑色的車廂

黑色的寂寞

黑色的曇花

黑色的詩集

黑色的黑色的黑色的春天角落

而妳　是遠方的白

。

秋天艷麗的輪迴後
我持續寫詩

將思緒纏繞的髮絡
——擲入
角落那頭熟於縱火
貪婪且飄忽不定的獸

灰色的煙霧裡
一種閃電熱吻過的焦糖味
不斷烹煮凌亂那飄忽的色塊
直至我年少的髮　都坐落成正果
那獸終於輕輕開口

搭訕主義

：「請以冷

　請以你宿命的冷

　餵養我。」

我放下未完的詩篇

默然

投身進獸的口中

成為

。

@

思念的羽翼

拍動著意識銀亮的海面

一尾迷路的海豚

以躍姿

敲響了夢中的音符

《迷宮零件》讀罷

開啟一道細縫，自城市
堆滿零件的擁擠

穴居於超薄鏡片後
你的眼神漠冷，精巧如
八釐米鏡頭
貪婪掠擄躍動的意象
於
每條每條闃黑街道的穿越
每道每道冰冷門窗的切進
允讓它們擁抱、交融
在一張沒有
方位與距離的地圖

又或許，暫時離席的

你乘上了神話的快馬

游離在特洛依、帕德嫩

愛恨與血淚共舞的

命運之曲

迴旋過千年，披著優美外裳的音調

依舊深深刺穿

疲憊而虛空的金屬靈魂

靈魂穿戴起金屬的外衣

儼然是，這城市最後的特色

前夜還座落風中的紅樓被

請往彩色圖頁

洗衣機冷氣機傳真機終端機快速

繁衍子孫

愛戀的故事僅靠，文字的輸氧管

殘喘維持火焰的絢爛

你棲身於不斷崩落的昨日

撿拾某些可供粹鍊的礦石

在解構的同時黯然

織譜起

　　　　　　　　永恆

《銀碗盛雪》讀罷

走入你心靈的絲路

未曾　我未曾尋獲那一片稱之為

詩人琥珀的綠洲

只有雷

只有　憤慨的風砂

淹沒一張急欲辯解的口

「解讀本身就是一種沒有終結的惡夢

可是我們總耽溺著開始……」

你也曾是一名樵夫

砍伐同時種植座座迷宮的密林

所有仰視的臉龐都被都市的尖塔一再刺傷

唯獨你，喔，唯　讀你

坐擁沙漏的兩端

「時間本身的憂傷，」你說

「一點都經不起黑鍵與白鍵的敲擊，

於是我們創造一種灰色的香水

沿路灑出歧義，灑向潛意識曖昧的光與火。」

因而詩人都注定是一枚

無法歸類的水晶

多菱鏡的天空，隨時映照出

一千個胖瘦不一高矮不同的眼神

等待光年外的對望

等待一次億萬分之一的　核爆

懷林燿德

你的眼神精巧，如八釐米鏡頭
日夜以諸神的面孔施展
攝魂巫術

攫取故事，你攫取無明意識
躍動且莫名的色塊
剪貼拼湊命名打造城堡
你不停導演
一齣無止盡的狩獵遊戲
哪管是細微的晶方、冰冷的電子
——逃不出文字多次元的羅網

多麼貪婪，你多麼貪婪成為一個詩人

塞滿鮮美肉汁只為一次完美的燃燒

光與火、肉體和靈魂、神話與科幻

——併現成眼前立體交叉的迷宮

啞口那些紙城中凝望的子民，一色

　　　　　　　　　麥當勞的臉孔

　　　　　丟出　　你丟出的詩句句句是炸彈

　　　　　　　是奧義極致的北斗神拳

　　　　　引爆思緒引爆邏輯引爆陳腐私處

　　　　引爆自我如福爾摩沙不滅的城市煙火

《流浪玫瑰》讀後

一朵玫瑰開始流浪

婉拒

永恆的花園

妳用闃黑的墨鏡遮掩

金黃滿溢的春陽

以霜雪的表情

舞張起生命底層的刺

讓日夜冀望攀折的登徒子

都成了

傷重墜毀的敵機

搭訕主義

後來知道我是午夜的詩人

妳才願停下

成為

被擁抱的詩句

將花瓣的火紅緩緩綻放在

每一詩句的激烈纏綿

容我用鮮血的熱溫

輕拭去

悲苦、虛無與

假

只剩下永不褪色的

心

《迷走地圖》讀後

當日子熟練地自床頭滾落

金黃的光束俘虜住生命

不及輕盈的部分

宛若一再出現的巨大逗點

尖銳的刺痛

夢，在狡詐的熱溫中

被支解成顯微鏡下的無數切片

然而，它們是如此不甘於成為

沒有面孔的罐裝咖啡

只好偷偷藉著記憶宿命的缺陷

將自我逐步拼貼成

景致各異的地圖

搭訕主義

而地圖終究穿越

過去、現在和

遙不可及的終站

鋪展成每日

妳殷勤步行的迷宮

「安達魯之犬」觀後

戲謔笑意浮出的那刻
遭到逮補
因而風化了的想望
不自主復甦起來

微弱而漸至囂張音的迴盪逼絕
被抑至底層血的狂熱

畫面的碎裂便是
不得不的痛
拼圖意外降臨或許宣誓，或許
不是

妄擬的直陳，竟是鋒利的逆刃

遭到解剖了的

我，說

：「終於失去了語言。」

「未來主義宣言」筆記

鋼鐵和水泥

比女人的微笑更加迷人

我們的心在燃燒

如同清真寺上高懸的吊燈

巨輪上跳動著火焰

通紅的胸膛是午夜的黑精靈

昂首　像一名快步前進的哨兵

這城市的欣喜

全是因為一名跌撞的醉漢

一列震耳欲聾的電車

夾帶著洪水的激流與渦漩

一叢入雲的高樓
竊笑地嘎響著灰冷的骨頭

出發吧！朋友
我們都將成為一只獸
只憑嗅覺便一口咬斷
理智的咽喉
一身臭氣和污泥將帶給我們
烙鐵般燙過的舒坦
金屬的碎渣刺痛全身
從巨鯊上摔得鼻青臉腫
都無能扼殺　解放的熱情

在寬闊而無垠的時空裡

昨日已遭肢解

而未來　是戰場上奇異的冒險

＋－×÷＞＜

讀詩記事

眼神想獵擄詩頁

卻無意的挨了子彈

硬挺的胸膛顫動低俯

在一片血泊中，拾回眼鏡

那是週末，我在無人的PUB

詩行於眼底舞動，與烈醇

思緒便在雜亂的平台上交媾

爆滿溢出的體液

蟻行成詩

並且　迅速交換著彼此的符碼

黯然地解構了

節奏、意象、圖示

以及讀詩的

我

誤讀：關於Miller解構主義的記憶

因為一場誤讀
一場記憶與拼貼的惡戲
喧騰如春原的杯內竟溢滿了不該
屬於熱帶的寂寞

沒有風聲的房裡
一只渴望黑夜放縱的唇
反覆吞吐、細細咀嚼
妳曖昧的陽物思想
不移的黑白分界、海誓山盟

然而終究是寂寞
因為一種始終無法出口

理直氣昂的言說

置換了該有的

明亮眼神

因為一把突如其來，難以

命名的俗世利刃

只好無言

只好

讓淚水唱著

我們的愛原是一場關於

寄生的誤讀

卷四　妳在夢裡走來，預言如詩

(1994-1998)

小站

霧水爬行於窗上，夜央後四時

列車正停
有人自搖擺夢中醒覺
張望車上的空淒和錶
隨即，以另一個姿態　入夢

這是個小站
也許一輩子都不會踏入
就像我們也是偶遇於車上的人
辨識不出，彼此的指紋，便要
從此錯離

然而在這同向黎明的路上
有一種小小溫熱的驚喜
同在我們心中　駐留

等待

時針和分針坐成九十五度

行道樹和我坐成九十九度

啤酒和嘴唇坐成恰巧的九十度

而我始終無法了解　和你

坐成何種角度

儘管　量角器是有的

而溫度和時機也剛好

時針和分針坐成一百度

寂寞和我坐成零度

黑夜和黎明恰巧坐成量不出的零點零零零幾度

寂寞

寂寞是一杯瓷白

八分滿的隔夜桔茶

無人想一口飲盡

它老去的年華

只有黑夜

黑夜每日騎乘著鐵灰的鋼馬

用輕佻的姿勢　揚杯

邂逅了寂寞早逝的風華

搭訕主義

棄

遺下童稚

出走

碎裂的聲響不時在腳邊

盪起，且責怪

我愚昧的背叛

呵，只能無言以對的

跨過光和影的街

撿拾丟棄復撿拾

然後憂慮

逐漸褪色的我的臉龐

因為顫寒

我焚去枯槁的手指取暖

聖潔的光，竟

閃現

於是我再度焚去腳趾身軀情的包袱

化灰

在聖潔與返俗的叉路上

搭訕主義

夜不語

當遠方的海吞噬去港口的藍

遲歸的船隻呼喚著古老的傳說

無人的庭院裡

時光的鞦韆持續蕩　　蕩

　　　　　　漾　　漾

你輕敲沾塵的玻璃，並順勢拋出

一整列的問號

鑽進行人的口袋、牆角、下水道以及

那些不明究理的臉

站在閣樓的審判台

即便沒有太多預習

你明白，到處都是隱喻以及
曖昧不明的象徵
你渴望真理，但夜從來不語
從來不為精研修辭學的自己
發出一語

落在心底的聲音

走過的時候瞥見　窗外

飄起雨絲，綿密

像搖擺在記憶裡依舊漂泊

初航的碼頭

雨季像條噬心的獸

啃蝕每個想望陽光的日子

不放過啊，被愕然風雨迫離家鄉的人

藍色的音符接續著

我猶豫著，該闔上或是

維持窗的姿勢

原該典藏秋了，讓日子如羽

那季遺下悲歡的面容

不也該，早在月的陰暗處沉眠了

屬於冬的惡作劇卻依舊蟄伏著

將一把離別的刀，磨的火亮

將每個雨起的日子幻化成

心底悲喜的聲音……

捷運站之冥思

綿長的軌道旁我們搭起一座
臨時的眺望台
在車廂的接縫中觀望
一張又一張拼貼的臉

其實我們也總是搭車的人
每個每個車站的奔走
唯一的幸福是
清楚聆聽自己孤寂卻有力的心跳

偶爾曇花般的欣喜降臨
像是，普通票卻搭上了特快車

往往昇華出夜空中
永恆閃爍的一等星

而不管生命是一場怎樣的劇
我們總是微笑即便
一轉身便要沒入
歷史的灰燼

歸來

此時我走在歸來的路上

霜雪吞噬去往日金黃的足跡

彎曲成弓形的銀杏老人

依舊立在橋頭的迎接步道

召喚，未曾翔回的年少

我情不自禁的想飛身擁吻

擁吻著，沉默的雪

不再是藏青的長袍

純白的西裝也不隨風搖曳

搖曳的其實，是我

無法平靜的靈魂

背後的深藍海洋是一座沒有盡頭的橋

用自我證明著

：「所有的漂泊都是一段棄婦的身世。」

此時我走在歸來的路上

蕭索的街道譜織著靜謐

冷漠意象被反覆裂割

我努力包裹起自己

但面頰堅持疼痛如那年

出走的桀驁不馴

此後，母親夜夜潺流的淚水

黯然構建了

一刀刀不能自我的永夜

兩眼腥紅的惡魔重複怒吼著

：背叛。你莫能抵抗的原罪！

瘂然中我將所有呼之欲出

澎湃的黑色波濤

凝視成午夜

一陣接一陣抖顫奔竄的漫天飛瀑

彼刻，陰鬱的子音猝起

揭開無數向地獄招展的大門

我聽聞，虛空的十字架

鼓動著微弱的光之羽翼

潤濕的眼眶是一對

飢渴的餓狼

狂暴尋覓可能停頓的真理

然而，我父

生命真是牢籠中一再流盪的輓歌？

該航向亦或不該，航向？

一道又一道黝黑的布簾

踩碎過玻璃的心

優雅的以小丑的姿態

被儀式，完成

是的，我父

唯一的答案被懸置所有門後

鑰匙如何打造，如何

將所有不被遺忘的一切

卸去，如粗壯的臂膀

是的，我父

只有一絲瘖啞聲響暗自吐露著

：「所有的故鄉都只是

祖先流浪的最後一個異鄉。」

關於一名A女子的邂逅

一月二十日凌晨一刻三秒

靜肅的街道被凍成

一條長長的冰柱

彷彿是不能再寂寞，月色

定坐在小小的窗台

此刻當是吟詠著詩句

手指卻在鍵盤此起彼落

守著一方小小螢幕其實也就守著

一段後現代的戀情

（這世紀我們僅剩文字和感覺的交錯）

「I LOVE YOU。」
瘋狂溢射螢幕此端與彼端
我們用不斷重複來肯定
宿醉後不復有任何記憶的
完美的吟謳

但總有個妳，在某端守候
堅定不移的追尋吧？

第零度

舉步緩緩

眼光猶嫌遲滯

自那霜雪的國度溫吞　而過

每一下顫動　牽引

自深層渴求的慾望　而

脈動　黯然

彷彿一場沒有血腥的戰事

零度 C 的壓抑

來自陳年已久的封塵

一下便要開啟

自白堊紀後未曾的騷動

搭訕主義

翻騰的記憶沒有　停止
自那第零度的
彼刻

誰等我

我闔上書頁

躲進青蛙井裡

烏雲只會飄來更多

遮住孤鷹翱翔的天際

死水會稀釋寂寞

卻掠不走滿腔熱血

生命是多菱鏡的迷宮

誰等我　展翼而出？

寫吧那些謎

沒有困頓滿溢的胸臆

就沒有史公班筆

誰會等

等著替我磨利

那劈開歷史的

一把筆劍

沉寂

靜默閃過　眼神
凝視一正要飛翔的日子
黯然拉開抽長的鏡頭
細密檢閱

薩克斯風的微笑
染了這季節的愁
尾隨著躍動的青春　我是
年少的竊賊
竊去了一下午的
熱鬧

實驗短片：跳針

S1（十秒，中景）

蹲踞暗黑角落裡那綠瞳的貓

胡弄爪玩著月色

不安分的攝下

每個匆匆踱步而過的身影

任意拼貼他們

S2（十五秒，近景，晃動）

你是倉皇

自碼頭逃離的遊子

癲著咒語的步伐

數落，每顆眷家的星子

S3（十秒，中景）

一片楓葉自樹梢

　　　　　　　滑

　　　　　　　　落

S4（十秒，近景）

伺機已久電視裡似你的殺手

躍出　　撲殺一再偷窺

你

S5（五秒，特寫）

長滿鬍鬚的下巴

長滿鬍鬚的下巴

長滿鬍鬚的下巴

......

S6（二十秒，黑暗）

空白與沉默後

是響徹，慾望深沉地

呼喚

實驗短片：俠客行

S1（長景，十秒。師弟。）

漠然長劍快速飛舞割裂無垠旅程

昏灰下　鎖眉的師哥，空茫的我

S2（特寫，五秒。師哥。）

快速開闔暗紅的唇

「師父要你跟我跟我跟我……」

S3（淡出，淡入，三十秒。師哥。）

「主義萬歲。」　師父

揚眉舞動著掌門令牌吶喊

信仰的浪潮蜂湧

噬不去雪白幕簾後

伊幽柔早媚的身影

直至花轎鞭炮嗩吶猝然碎擊我年少愚騃

S4（近景，十秒，師弟）

離前師父找我耳語

師兄必因虛無虛無一切

午後陽光溫和卻也

刺痛如緊箍咒黯然地唸動

欲言又止　我

彼時瑟縮地眼神幾乎明瞭了師父深霾的喟嘆

S5（中景，十五秒，師哥）

諾言，亦是迷航裡的暗礁

宿命外衣緊束，吐納間
生命以璀璨盡展了惡戲的本質
十八歲的我終於，學會
信仰與被信仰

S6（特寫，十秒，師弟）
沉重行囊後是母親哭泣的臉龐

引領著悲愴，夢裡猛然揭起
重重重重重的意符迷障

S7（中景，二十秒，師哥）
那夜風師叔瞠目散髮霜雪殺來
刀劍交合下往事，裂繭而出

匿於一旁，我　終於含淚、顫抖

扯裂最虔誠的皈依

師父說的，師父說的，師父說的……

S8（特寫，二十秒，師兄、師弟）

「一切將不停奔走我們也不停

將奔走化為本身的意義。」

「意義，不該在意符裡展現了？」

「所有點的展現而後擴張折射吞噬自己呢？」

「最後在哪呢哪呢哪呢……」

「沒有，最後了……」

實驗短片：殺人戲劇

S1（中景，十五秒）

年輕的湯英伸褐膚、深廓、赤腳

迷惑在巨靈淫邪

八〇年代的台北街頭

S2（特寫，淡入淡出，二十五秒）

有一股騰沸的慾望走向

赤蛇盤繞的春天

宿命的槍管緊抵

血脈賁張若祭典中火焰驚怖

炙熟的獵物使勁擠出

最後一滴淚水

慨嘆的眼神遞以死亡

泯滅界線

S3（近景，五十二秒）

粗壯的肉體能換到多少銅板？

身份卡片打從開始便被羈押黑牢

十九歲的光麗自此溺沉在

黑而腐臭　波濤洶湧的洗衣渦漩

S4（中景，六十秒）

你竟還成停箭的標靶

暗地襲過的眼神睥睨且銳利

莫名挑開近乎塵封

氏族的熱吻
圖騰上無數竄匿的獸遂轉身
向你

被裂扯的年少
荒漠暴雨中跛行的湯英伸

S5（特寫，五十八秒）

是誰，粉碎了回家之路
你笑聲幾近擠裂寒風清敲的玻璃
搖晃如瘦竹的手不自覺拾起
爆開厄運之門的鐵櫃
猛然一道出口，自顫邊碎裂
開展

S6（特寫，二十八秒）

血紅映照的家園有

母親夜夜潺流的淚水與愕然

闖進的文明像強姦犯

你如賣火柴的女孩

卻以殘暴織夢

以一顆子彈的冷漠

圓夢

按：1986年，「湯英伸事件」發生。主角湯英伸，曹族
　　人，從阿里山鄉下到台北打工，才九天就把僱主一家
　　三口殺掉。當年，湯英伸十八歲。這件血案在當時引
　　起震撼，不單因為是「滅門慘案」，更因為湯英伸本

來是個純良、正直的山地青年，到了台北才九天，就變成殺人兇手。兇案的起因是：輟學的湯英伸瞞著父母到台北打工，打算貼補家計。豈料卻掉進求職陷阱，不但沒賺到薪水，還莫名其妙欠了僱主一身債。他想離開，僱主扣起他的身分證，還丟下一句「番仔！」在純樸山區活了十八年的湯英伸完全無法理解發生的一切，怒火掩埋了理智，殺了洗衣店老闆一家三口。雖然他事後後悔不已，雖然諸多作家、學者、律師、神父等為他四出奔走求情，最後湯英伸還是成為台灣史上最年輕的死囚，死在償罪的槍口下。1997年在東海讀書，修習戲劇課時，同學將此一事件改編成劇本，筆者亦參與了演出。當時飾演的，正是被殺的洗衣店老闆。

淳厚學風無盡藏
——致王厚森

陳謙

　　王厚森本名王文仁，一九七六年出生於南台灣。不論他的筆名或本名，都富含新儒學淳厚的新義，王厚森文字不高調，也不喜時下假借後現代，過於玩耍的遊戲性格，他大多以沉穩的文字姿態，在觀察與內省之間，通常他選擇一種自我對話的語調與自己疏通，在文字裡暗埋生活的線索，其間有他的悲喜交集與現實思索。

　　詩是年輕歲月的記載，對厚森而言，亦作如是觀。《搭訕主義》這本詩集，最早的詩寫於一九九四年，那年厚森恰恰才十八歲。十八歲，一個多感的文藝青年從書店架上購回第一本詩集《不能遺忘的遠方》，到東海現代詩學堂上沈志方新古典的氣脈追尋，其實厚森在尋找的是自己的氣味，自己低頭行吟的姿態。

　　《搭訕主義》計有四卷，天地萬物人間細瑣皆可入詩，取材上可謂寬廣。厚森的作品有極其深刻的自省傾向，一如藉由「閱讀」《迷走地圖》、《流浪玫瑰》、《銀碗盛雪》等書後的詩作生產，都足以證明他的精緻而深刻的反省能力。

前輩詩人李魁賢將詩作者區分為「內向詩人」與「外向詩人」兩大類，如依照管理學的八十二十法則來看待，厚森此刻無疑是內省多於觸角的外延。厚森一路懷抱詩文學的夢想，同時也劍及履及完成了他大學以及研究所的學位，儼然有學院作家的輪廓，但必須注意的，也是學院作家背後那種「吊書袋」的陷阱，因此生活的面向則要走出學院，在自己的土地上，實踐文學的理想，切勿落入學院作家何不食肉糜，不知民生疾苦的泥烙。

　　十年磨一劍，作家蔚然成型多數要通過近十年的文字冶煉。厚森寫詩十年有餘，始終以其獨特的姿態存在著，也許沒有拔尖的高音，也沒有文字遊戲的雕蟲小技，但其文字的淳厚其實來自於人品的寬厚，詩是其：青春年華的雕塑。而面對詩，這種年華不會在年歲中逝去，反而益加茁長。

　　厚森同我碩班都畢業於南華大學，不同的是我念出版他則選擇文學。南華大學有棟樓曰：無盡藏，取自佛典《大乘義章》十四：德廣難窮，名為無盡。無盡之德苞含曰藏。意謂德行的淳厚，亦可無止無盡，且推而廣之。在這樣的年代裡，詩是一種堅持，且要在生活裡體察文學的素材，但核心的價值仍是，詩是德行的延伸，在寫好詩之前，厚森無疑也是一位溫柔敦厚的謙謙君子，這樣的一位詩人，他所寫出的詩，自然就令你我更加期待了。

2011年夏至　北投東華街

這是一道選擇題

玻璃鰻

① 厚森，不只以詩來實踐他的『搭訕主義』。

② 並在〈某個過於喧囂的清晨〉」或〈午茶〉或〈等待夜〉的時分，以〈命運四季〉的〈詩人〉身份，用〈思春〉、〈雨來了〉、〈馬賽克〉、〈數日子〉、〈血的可能〉、〈寫不出詩〉以及〈左邊的步履〉的行動來實踐他的『搭訕主義』。

③ 只是，每一道日光都照痛了〈我無以名狀的疼痛〉、〈一尾超現實的魚〉、〈無伴奏分裂曲〉、〈城市六部曲〉、〈砲彈憂傷〉、〈安眠藥〉、〈自畫像〉、〈光＆影〉、〈黑與白〉〈光，影〉、〈為了〉、〈於是〉、〈過去〉、〈落光〉、〈冬午〉，他總在昨夜展書閱讀又掩卷歎息，然後打開電視睡不著。

④ 「妳從夢裡走來，預言如詩」，這句詩近似禱告詞，意指「妳」出現之前，「我」已在〈小站〉、〈等待〉、〈寂寞〉、〈歸來〉、〈夜不語〉、〈棄〉、〈誰等我〉、〈沉寂〉、〈捷運站之冥思〉、〈落在

心底的聲音〉、〈關於一名A女子的邂逅〉、〈第零度〉，進行了若干〈實驗短片：跳針〉、〈實驗短片：俠客行〉、〈實驗短片：殺人戲劇〉，秒秒盼著「妳從夢裡走來，預言如詩」。

⑤ 會不會因此，在天光之際將每一個女子看成同一個形象呢？（這不是一道是非題）

⑥ 答案只有一個：不會，即便網海人流彷彿一座濃厚森林，他也不會茫然。他悠然自得忙於交遊，在字裡行間汲詩取樂。

⑦ 我，就是『搭訕主義』的實踐成果；朋友，您也是嗎？

決定上前搭訕與不被搭訕，都是一道選擇題。

詩的不死術
——論厚森詩二首

黃柏諺

　　在遠古希臘，神話與英雄，被詩人利用押韻的技術，壓縮在史詩之中，為的是將傳奇之事傳世，代代不止，根植在人的灰色腦細胞。在書寫尚未被發明，或者不那麼便利的年代，史詩與記憶，構築了如此密切而巧妙的關連，詩法同時是一種抵拒時間與遺忘的藝術。

　　話雖如此，詩法的記憶性格在發展中被維持下來，但所謂歷史真相這回事卻遭到變形。正如羅馬詩人所著的《變形記》就是一個再好不過的象徵，萬事萬物似乎都有變化的潛能，一但身陷緊急，或者神祇顯靈，變形就會發生，或成星座或成植物或成鳥獸，身形的固體性在詩中彷彿不存在，換算隨時會發生。

　　厚森〈一尾超現實的魚—詩誌「風車詩社」楊熾昌〉，初看如入蚩尤散佈的迷霧，原因在於這是一首敘事詩，經過詩的壓縮，本事已經難以辨析。我們需要的是足堪標誌迷宮出路的指引，一點背景知識。楊熾昌生於1908年的台南，1930年赴日留學。在東京時曾經頻繁出入喫茶店，結識了一些新感覺

詩的不死術——論厚森詩二首　149

派的日本作家，這樣的經驗對於楊熾昌本人而言具有特殊意義，他曾追憶那段時光，認為是產生新的生活、語言與樣式的地方，具有近代精神的氣息，頗能滿足一種前衛精神。1933年與友人創辦「風車詩社」，發行《風車詩誌》，推動「超現實主義」，是台灣現代詩史上最早引進現代主義的先驅。在創作上，具有世紀末的頹靡色彩與虛無主義，他曾自述：「我認為或許芥川和川端的無情之眼溶入我的孤獨性，而背負所謂達達式之孤影的虛無主義浸透於一種作品的內容吧。」1943年因為進入戰爭高峰，高壓統治致使詩人停筆創作，在1945年間以記者身份前往西里伯島、菲島、宮古島等地。在戰後曾經因二二八事件入獄，50年代又因友人在白色恐佈時期遭槍決，自危而辭去記者工作。後雖仍有部份以日文寫作的作品，然逐漸在台灣文壇消失、被人遺忘，直到直到1979年羊子喬、黃武忠起楊熾昌於文學史研究中，方得以回歸作家的身分，重新出版詩集。楊熾昌逝於1994年。

　　憑藉這些資料，對於這首詩的解讀，便不如初看時的茫然。開始的引詩，即讓人明白楊熾昌的詩風上擬人、誇大的手法，以及在內容上，我認為相當重要的，對於創作的一種「發燒」的宣告。「瘖啞」是詩人憤怒與悲嘆的源泉，而使詩人不禁神往在東京時的喫茶店那個藝術異世界的氛圍，所謂的波西米亞人，是一種為了藝術而存在的虛擬族群，而楊熾昌提倡超現實以抗拒寫實主義對於藝術的宰治，在喫茶店的歲月

裡，最能獲得相濡以沫的族群認同，從此，形成他創作生命上的一個主題、基調。藉著熱帶魚迴游的空間移動，厚森推移敘事時間，時間點在第一段之後，詩人的「瘖啞」困境猶在。在第四段時間再度回溯，回溯到一個超現實主義詩人誕生的那個時間點，在前三段的敘事時間流動中，楊所面臨的歡悲與歡愉，都與第四段的關鍵時刻緊緊結合，一切都因為是個詩人。「瘖啞」的坎苛命運既已為我們所知，對照初興起的藝術雄心，對創作有著發燒熱血的熱情，悲劇英雄的意味頓時濃厚起來。這便是厚森詩中所側重的楊熾昌。

在厚森的另一首詩〈詩人〉，是作為創作上的一種描述，我們看到了一種質疑，一種詩與人的分裂與結合的後設觀點。厚森將詩與人作主客體上的分割對立，詩宛若一匹難馴的危獸，恣意進出在「我」之中，也因此「我」不禁質疑起詩人此一身份的合理性。作者開篇言明「以青春以年華交換」，句末「不再寫詩以後……」便有至死方休的意味在，以如此的心情來看詩寫詩，又怎能不是詩人呢，但這種自我質疑的苦心泣血，是頗值得玩味的。

將兩首詩的並列閱讀，讓我有楊熾昌與厚森的互相變形的想像。厚森作敘事詩詠歎楊，便意在以史詩傳誦英雄，以詩來深耕人的記憶。這時的厚森，是需要進入楊熾昌的。只是可惜的是，〈一尾超現實的魚〉的楊，側重的是楊在政治上所造成的「瘖啞」，雖然能在衝突性的表達外在詩人的不凡，卻

也少了所謂電影類型中，所謂「反英雄」的角色心理。例如
《終極警探》系列電影中，英雄不再是毫無缺點、弱點的風
光形象，而只是多了點機智與堅持的凡人。在塑造英雄高大
身影之時，他的平凡與膽怯，往往是為人所忽略的，但這卻
是「英雄─凡人」立體形象的關鍵拼圖。這樣的缺憾，卻在
〈詩人〉一詩中，得到補充。厚森彷彿立起祭壇，施起招魂
術，將楊置入「我」的角色中。當年楊雖意氣風發地倡導起超
現實主義的詩，以對抗文壇一面倒的現實主義。但我相信，在
楊面對鹽田風車的景緻之時，必然也曾興起疑惑與動搖，自己
筆下所作所為究竟是什麼?有無價值？將〈詩人〉一詩作為一
種補充與側寫，反而能讀出所謂詩人在與詩的奮鬥過程中，信
仰放棄與重拾的可貴祕戲。

　　在〈一尾超現實的魚〉中，厚森透過英雄歌頌，化身為
楊。而〈詩人〉原為自況，卻意外地能將楊變形為創作「發
燒」過程中，必然興起的自我質疑，這樣的相互變形與換算，
原是詩的本質之一。所謂的象徵，所謂的意象，所謂的擬
人，不都是一種變形嗎？將異質物之間，透過詩人的慧眼，招
喚出相似性而予以形變，這是詩，更是超現實主義創作時的奧
義與心法，厚森選擇楊熾昌敘事，除了同為台南人的地緣關係
外，在創作上的共鳴、呼應、感召，更是在這變形的著迷上所
得而來。在以詩誌楊熾昌的同時，厚森延長了楊的記憶時限，
同時也銘刻了自己詩人身份年祚，此即為詩與詩人的不死術。

一種深思熟慮的氣質
——讀厚森學長的《搭訕主義》

在一首詩中或一本詩集中，我們是能真正感受到作者的人格以及氣質。

因為詩是一種對真實、對生命的呈現，在詩之文字語言的精微結構中，我們可以見證到情感、思想、意志以及若有似無的神思在「詩」當中成形，而且如星斗般嵯峨發光。

我讀厚森學長的詩集《搭訕主義》，就看到詩集中褶褶光亮的意象，那是屬於學長個人一種真誠的，在對生命的一切深思熟慮過後所反思的氣質，如〈夜不語〉：

當遠方的海吞噬去港口的藍
遲歸的船隻呼喚著古老的傳說
無人的庭院裡
時光的鞦韆持續蕩　　蕩
　　　　　漾　　漾

厚森學長擅長將具象生命經驗的描寫與想像轉化散發為一種深思熟慮的氣質，這也許是跟厚森學長在學院執教鞭有關，厚森學長的詩，思想性總是極濃，如〈誤讀：關於Miller解構主義的記憶〉：

因為一場誤讀
一場記憶與拼貼的惡戲
喧騰如春原的杯內竟溢滿了不該
屬於熱帶的寂寞

意象與文字間結構出厚森學長對生命、對文字的反思，而在這樣深刻的反思中建構了厚森學長獨特的生命哲思與生命美學，這樣的文字，我是相當喜歡的。〈《迷宮零件》讀罷〉最末段更是精彩：

你棲身於不斷崩落的昨日
撿拾某些可供粹鍊的礦石
在解構的同時黯然
織譜起

永恆

這段文字在具體、令人怵目驚心的意象中寫出了厚森學長對生命、對時間的深度體驗與思考。

　　詩是有哲學性的詩,有美學、有情感的詩,厚森學長的詩不但具有哲學思考的深度,也表現出情感的美學象徵,如〈為了〉這首詩:

> 在灰濛的童年
> 架起一把雪亮的梯子
> 陽光於是來到我心中滑行
> 我們曾欽羨不已的踢踏步法
> 空氣中瀰漫起陣陣馨香
> 甜蜜誘引
> 迷路的野蜂竊耳傾訴
> 在北地忍住不痛的風中
> 長腳的野花如何越過野地
> 為了紅,為了
> 一圈圈盛開如火的百褶裙

　　在美麗動人的意象語與敘述語間,我們看見詩人對美的一種執著,一種精心建構的美學象徵群,是一兼具視覺、動作、味覺通感的華麗寫作,我不禁佩服厚森學長在學術之

餘，仍能行有餘力寫下這麼吸引讀者眼球的句子。而厚森學長寫感情，也別有一番深刻的見地，如〈思索〉：

> 所有的愛都是一種無藥可救的
> 耽溺

　　這兩句話雖然簡短，卻一針見血地寫出對愛的詮釋，將抽象的愛以更抽象的語言闡明出來，簡短且精鍊的句子，直指讀者內心深處對「愛」的隱約感受，相當能引起讀者共鳴。
　　然後我在〈冬午〉這首中讀到：

> 這一季你已焚去太多詩稿
> 為了取暖為了回憶為了
> 在冷闃的斗室劃出一道，不熄的流光

　　雖然這段詩句美則美矣，但還請厚森學長少焚一些詩稿，相較多存一些詩稿，能夠將更多兼具情感和哲思的好作品公諸於世，讓大家同樣感受到詩人胸中的真誠與美善，這才是我們身為讀者所樂見到的。

每一首詩都是搭訕的起點

李桂媚

　　「人生有太多非常偶然之必然」，這是文仁在《現代與後現代的游移者─林燿德詩論》的言論，而我與文仁的相識，也充滿著偶然與必然。研二那年，我選了水蔭萍作為課程報告對象，在文仁〈「斷裂」？「鍊接」？─再論「風車詩社」的文學史意義〉之註腳，得知該文為他第二篇以風車詩社為題的研究。我試圖尋找「傳說中的第一篇」，卻遍尋不著研討會論文集，最後輾轉取得文仁mail，冒昧寫了信給文仁，希望其能提供論文予我參考，熱心的文仁很快就回訊了。

　　我們的初識導因於詩評，熟識也是因為詩評，如今文仁的詩集即將付梓了，我有幸先睹為快，這才驚覺，原來以評論見長的文仁同樣有憂鬱少年的一面。詩集以「搭訕主義」為名，不僅是向詩搭訕，亦在向讀者與自己攀談，從中可見作者長期浸潤現代詩流域的詩觀與詩思。

詩是心情，也是新晴

詩一方面是情感的素描，另一方面也是夢想的草圖，既寫心情亦寫希望。比如〈黑與白〉，不論是微小的蜉蝣還是巨大的車廂，具象的咖啡或者抽象的寂寞，皆選用黑色呈現。其中，「黑色的黑色的黑色的春天角落」，更是一連使用三次「黑色的」，藉以強化陰暗與角落的邊緣感。一連串的黑色物件看似獨立，無形中卻又交疊為一幕幕的畫面，宛如回憶的湧現，「黑色的」可謂過去的標記，是一個又一個已發生的故事，最末「而妳　是遠方的白」，則象徵著充滿可能的未來，大面積的黑色自此有了白色的點綴，原先沉重的情緒隨之乍晴。

詩是弦樂，也是弦月

詩不僅是作者心神情緒的文字記錄，亦如樂曲撥動讀者心弦，同時揭示著弦月變化般的生命景色。〈落在心底的聲音〉一詩連結了外在的雨聲與內在的心聲，「藍色的音符」是雨聲的描摹，亦是雨絲滴落的律動暗示，更是情緒躍動的象徵。值得注意的是，藍色常用作憂鬱的象徵，然而，雨絲牽動了詩中我的情感起伏，看似滿腔憂愁，其實悲喜參半，詩末即點出，雨所帶來的是「心底悲喜的聲音」；此外，詩中寫

搭訕主義

道：「那季遺下悲歡的面容／不也該，早在月的陰暗處沉眠了」，如將「月的陰暗處」理解為弦月，弦月弓弦狀角度的變化，時而形同下垂的嘴角，時而形若微笑的弧形，正可隱喻著心情的悲喜變化。

詩是筆畫，也是比畫

作者永遠都不會對自己的作品滿意，每一首詩都蘊含著不斷突破的自我期許，詩集以「主義」為名，表達了作者對詩的敬意，〈寫不出詩〉一詩更是揭示了作者崇拜詩、夢想成為詩的心情。首段「沙啞的腔調」表示用盡力量想寫詩；次段「微怒的聲音」則表現了和文字過招，卻無法舞墨成篇的激動；末段「怯懦的聲音」道出詩人的大夢—不需一筆一畫去構築，生命自然就是詩。

我的詮釋終究只是搭訕的濫觴，我摘下書中的吉光片羽，希望有一天，憂鬱少年的歌聲能譜成知性的論述。也或許，詩是創作者的逃生門，是評論家的羅生門，正因蘊藏著多種語意可能，所以充滿感動與驚喜，我的詮釋對不對其實不重要，重要的是，歡迎正在閱讀此書的你，隨著歌聲深入詩中的祕境，搭訕或者被搭訕……

語言文學類　PG0596

搭訕主義

作　　　者／王厚森
責任編輯／黃姣潔
圖文排版／賴英珍
封面設計／李桂媚
插　　　圖／李桂媚

發 行 人／宋政坤
法律顧問／毛國樑　律師
印製出版／秀威資訊科技股份有限公司
　　　　　114台北市內湖區瑞光路76巷65號1樓
　　　　　電話：+886-2-2796-3638　傳真：+886-2-2796-1377
　　　　　http://www.showwe.com.tw
劃撥帳號／19563868　戶名：秀威資訊科技股份有限公司
　　　　　讀者服務信箱：service@showwe.com.tw
展售門市／國家書店（松江門市）
　　　　　104台北市中山區松江路209號1樓
　　　　　電話：+886-2-2518-0207　傳真：+886-2-2518-0778
網路訂購／秀威網路書店：http://www.bodbooks.com.tw
　　　　　國家網路書店：http://www.govbooks.com.tw
圖書經銷／紅螞蟻圖書有限公司
　　　　　114台北市內湖區舊宗路二段121巷28、32號4樓
　　　　　電話：+886-2-2795-3656　傳真：+886-2-2795-4100

2011年7月BOD一版
定價：200元
版權所有　翻印必究
本書如有缺頁、破損或裝訂錯誤，請寄回更換

Copyright©2011 by Showwe Information Co., Ltd.
Printed in Taiwan
All Rights Reserved

國家圖書館出版品預行編目

搭訕主義 / 王厚森著. -- 一版. -- 臺北市：秀威資
訊科技, 2011.07
　　面；　公分. -- (語言文學類；PG0596)
BOD版
ISBN 978-986-221-784-9(平裝)

851.486　　　　　　　　　　100011801

讀者回函卡

感謝您購買本書，為提升服務品質，請填妥以下資料，將讀者回函卡直接寄回或傳真本公司，收到您的寶貴意見後，我們會收藏記錄及檢討，謝謝！
如您需要了解本公司最新出版書目、購書優惠或企劃活動，歡迎您上網查詢或下載相關資料：http:// www.showwe.com.tw

您購買的書名：_____

出生日期：_____年_____月_____日

學歷：□高中 (含) 以下　　□大專　　□研究所 (含) 以上

職業：□製造業　□金融業　□資訊業　□軍警　□傳播業　□自由業
　　　□服務業　□公務員　□教職　　□學生　□家管　　□其它_____

購書地點：□網路書店　□實體書店　□書展　□郵購　□贈閱　□其他

您從何得知本書的消息？

　□網路書店　□實體書店　□網路搜尋　□電子報　□書訊　□雜誌
　□傳播媒體　□親友推薦　□網站推薦　□部落格　□其他_____

您對本書的評價：（請填代號　1.非常滿意　2.滿意　3.尚可　4.再改進）

　封面設計____　版面編排____　內容____　文／譯筆____　價格____

讀完書後您覺得：

　□很有收穫　□有收穫　□收穫不多　□沒收穫

對我們的建議：_____

_____

_____

_____

請貼
郵票

11466
台北市內湖區瑞光路 76 巷 65 號 1 樓

秀威資訊科技股份有限公司　　　收

BOD 數位出版事業部

⋯⋯⋯⋯⋯⋯⋯⋯⋯⋯⋯⋯⋯⋯⋯⋯⋯⋯⋯⋯⋯⋯⋯⋯⋯⋯

（請沿線對折寄回，謝謝！）

姓　　名：＿＿＿＿＿＿＿＿　年齡：＿＿＿＿　性別：□女　□男

郵遞區號：□□□□□

地　　址：＿＿＿＿＿＿＿＿＿＿＿＿＿＿＿＿＿＿＿＿＿＿＿

聯絡電話：(日) ＿＿＿＿＿＿＿＿＿＿　(夜) ＿＿＿＿＿＿＿＿＿＿

E-mail：＿＿＿＿＿＿＿＿＿＿＿＿＿＿＿＿＿＿＿＿＿＿＿＿